U0501356

第39届青春诗会诗丛

《诗刊》社／编

北潇 著

寂静成形

39 青春诗会
Youth
Poetry

长江出版传媒

长江文艺出版社

元复诗歌基金支持

北 潇

1998年生于湖北秭归。作品见于《诗刊》《草堂》《诗歌月刊》《汉诗》《三峡文学》等，曾任职报社记者。著有诗集《开往冬天的列车》。

目录

守船人

微红的脸庞在今晚被土地照亮
欢腾的江浪是守船人的信仰
五指分开意外的三峡人家，在那遥远的山坡之上
夜色为寒冷护送温情，浪花收起云帆

我头戴漫天星辰，月色皎洁之时，深情地望着他

火

我在最平凡的夜里点燃一把火
它烧不到最惊慌的那棵树
游移的光，让我成为在场的唯一标记
整整一夜，荒凉的船等不来对岸

哦，忧郁的石头
你在日暮时分便开始窥视
试图得到一抹灰烬
喂养你身上那无血无肉的贫瘠

一个不可接近的地方，才是人们
真正的港口。没有一艘船愿意永久停靠
正如没有一把被熄灭的火，渴望再生
它要在我唤醒它时热烈地爱
它要在我拒绝它时主动赴死

长江边听雨

天柱山、文佛寺、三峡人家、长坂坡
大地生根，群山连绵苍翠。
有人托举峰峦游走他乡
有人携手湖中的明月，站成一座孤岛

远处，一位江郎才尽的先生告别他的时代
他指着这滚滚红尘，学会了占卜

格桑花

是一股比回忆更强劲的风
推着你在高原上奔跑
我看见你同风尖叫，在狂喜的鼓上享用流浪
极端的温情碰撞极端的痛苦
你抬起的手是我的彼岸
影子围绕唐古拉山伸展

荒野的长，涌向远山
在白昼出没时，我见你高歌，徒劳地爱
树叶抖动贪婪，夜缠绕在一块没有出路的石头上
屈服本身也屈服不了一切
就像什么也将无法战胜爱情，你回头
格桑花，开满大地

长方形

打开四四方方的电视

我回忆起童年

数学老师指着黑板上的长方形

为我们举例,它们分别是书籍、房屋、电脑

但他不说厕所、条约书、集中营

电视里一位男士将他故友的骨灰

种进一盆绿植,每天浇水

从一个规则的盆,生出枝蔓、绿叶、花朵

一种新的生命在冰冷的容器中再次诞生

我不说这线条勾勒得漂亮

我要说那些在禁锢中的努力

钢筋混凝土中升起的柔软

要说建筑物里哭闹的孩子及聋哑妇女

那爬上天梯的荒原、与悬崖共存的悬棺……

卓　玛

土地之上，没有徒劳的忙碌
一个少年在我隔壁的演播厅弹起钢琴
他说他挥舞音符是一种水到渠成
两段幽深的沉默，发生碰撞，没有声响

可我想起，那个抱着羊与游客合照的卓玛
她撒出辽阔的野风
关起羞红的年少
有时，她完成播种，有时，她点亮马棚的灯盏
有时，她与一个从未见过的身影，遥遥相望
隔着一条奔流的江水

一　生

长江边，一个老人在祈祷
她面对孤峰，霞洗浴她的脸
背靠阁楼，灯火通明

背篓装满晨雾
竹担挑起月光
在早晨的天空中，她成为我们的岸

为何近处的百叶窗在颤动
为何我们出行只为了抛弃树和大海
为何她的双手举过头顶，却举不过宿命
雀鸟已经归巢，破裂的河更高
是什么在空气中摇摇晃晃

是赶路的牲口和时间埋进无名的淤泥
是低处的尘土、高处的星盏
是黏附在每一个肉身里的
终被照亮

宽

江对岸的街灯熄灭
这是初夏。
笛声悠扬，对面的人为我奏乐
在我的身体里，栽种一片葡萄园

多少次，我必须要用毁掉美
来教导你：就像黑夜，尽管
繁华掉落，美也无处不在

用丰收来建造你：真正的丰收
是空无所有，就像你最迷人的智慧
熊熊火焰烧起后，能在
旷野上安睡

你说你要了解我

你说你要尝试走近我，了解我
你想为我建造一座坚固的房屋
供我更多的黑暗写作

首先你不仅是要扯下我的衣服
要扯下我的沉默、我的光
懂得如何在我身上存活

当午夜催促，你要及时铲除灰烬
抱着废柴走向灶火
将可怜话语咽进去，将完整的心摊给我

你要允诺住进我的寂静，在这之外的
所有美都将拉响警报
你的影子将以我命名
待我如待你的孩子、你的母亲
吸吮我的双乳如捧起神圣之花
举起我的身体，如举起我的一切虚空
一切化身、一切污秽、一切法……

走过官庄

穿越长廊，我与众多艺术家对视
坐在莲池边，莫奈的光与影像暗红的火焰
独上阁楼，风铃和风在我的脸上激战

想到这剩下的，通往体内的道路
雨声渐渐平静了
那湖中映出的岸，为何永远到不了我的跟前

故乡三峡

见过高原上的山、淡水湖
每一次见，我头顶的月亮就像
我从三峡带去的月亮

太多的远行，都在警惕
我的归宿，太多的三番四次
都在使自己流失

灯影峡高出的部分
古老又常新，它们此起彼伏
飘着薄雾

我携不同的人来到这里
从他们身上，我看到
明月湾，我的骨骼
我的齿轮咬住龙进溪
它们在身体里互换位置
它们喊故乡啊故乡
思量啊思量

那些无法说出的

你终于听见

火燃烧的声音，仿佛油灯

落进雨里，那么黑

是比残酷更粗粝的火焰

在雨中烧起，没有任何声音打扰它们

也许它们沉在红色的海中，它们想

如镜子一般拥有另一个自己

凭借蓬松的头顶、破了洞的外形

凭借人世缓缓上升的发烧

消失，照亮

在每个夜晚，它们都举行天空和海洋的婚礼

如此，凭借夜

凭借一种黑，当夜从荒凉中找到灰烬

退让，乘黎明上升

无　题

那些抓不住的
无论是一支夭折的权杖，或是
遗落在椅子下的苹果
它们用嗓音赞美

在同样的土地，积雪中的一夜
山脉躺进深深的影子
到处都是用萤火虫哭泣的眼泪

流浪狗、醉汉、孩童咬住母亲
年轮下的乳晕
我放飞了一只布谷鸟
去蹚那慵懒的河流
如此，需要一种遗憾
去撤走一种唤醒，需要一个精神病
用胸怀，喂养云彩

在山坡上望着她

飞满蝴蝶的山坡上，五彩的
容易迷失，从山下而来
一条蚯蚓，被世界静悄悄的苔藓覆盖
你的裙子溅上青春的汁液
咬住狗尾巴草的一端，直躺着
你散发的、缓缓升起的明媚，比那条在
远处大地上的河更高

并没有什么是我想表达的了
连绵的山脉和缭绕的云雾、你脚下的迎春花
是我肉身空间的最高处

不需要在遗憾中落泪了
盘旋的鹰终将把你的回忆照亮
我知晓另外一种深度的意象和冰冷
那不曾到过的地方

远远注视，你的侧脸烙进山谷
当与你的风和解，你的云
便飘向我们来时的路

他

他的面目成为谜语
他站成一切人，在昼夜中匍匐
在心脏跳动时，从身体中抽去

在海里饮水
在大地上汲取阳光，露出复制的臂膀
捡拾的人就这样认为他
共享了天地的辽阔和无边

自此他确切地知道
没人能够侵蚀他的感官世界
可是，他没想到
身着铠甲的乌龟将在长寿中
被行使无期徒刑
超越许多动物生命极限的
是水洞旁那迟钝的冰层
和冰层下，无处游荡的
欲望

梦

我枕在一条河流上
它的水浪颠簸着我，将我
猛地弹起，像电动床失去了弹簧
上个世纪的水源在我梦里磨出血泡

不在戏里，不在荒芜的草地
像在一颗丰满的乳房上，睡成一座高墙
画面又转向面壁的两个孩子
一个色衰的女人在他们的背后，拿起鞭条
抽打的瞬间，被风吹进一个巨大的经筒

霜雪流进眼眶，鸡蛋敲响乐章
村里的老人念叨
旧身体可以在皮囊里越狱
小脚女人需要一辆狂奔的拖拉机

某种极致

自由说自由也需要一把钥匙

像束缚需要打开天窗

时间的轮轴逐渐掉漆，退潮的烈酒

漫过人们的胃

留给守门人的，是一段风流后的寂静

究竟是谁在夜里高歌呢？

不仅口吐诗句，被撑大的

哲理也走形

粒子碰撞一颗板栗，有人说

真是肿胀又荒唐

但当你看见，有个人用衣服去剐伤玻璃

请不要嘲笑他，那是

一个哲人在唤自己的乳名

反　省

我如何给予你们，一把通向潮流的钥匙
当我自顾不暇时，缝隙和缩影
这些沉默，不屈服于任何

疑惑，为何你们听自己的声音
不曾感到一丝羞愧
如此地无关紧要
将飘浮的月亮扑在草地上

为什么我对你们绝望
你们以为哭泣只能在葬礼
爱需要释放和排异

在此之前
我们明明只懂得察觉、陈述
训练自己躲避内心

可是夜，并不黑
世上所有的快乐都真实存在
你们认为融为一体的东西，终将消亡
那高举头顶的
会永不死去

月　夜

它干净、圣洁、普照众生
对天机和人事，闭口不提
当我这样赤裸裸地揭开时，像是暴露
像是捅破，想给黑夜指认出了共犯

晚　祷

我们在做饭，洗衣
我们看着新闻，等候孩子归来。

而远处，硝烟、炮火。
战壕里，一个缠满绷带的士兵
把一张女孩的照片
放在炮弹箱上……

读《一封陌生女人的来信》

她知道黑夜来临，容颜已悄然过去
知道他在远方的卧室里，安放了年轻的肉体
可是，她又一次动了凡心
她打开了自己

她知道钢琴的位置，半截蜡烛的位置
衣柜里要悬挂他最爱的蕾丝睡衣
人间烟火，要在太阳落下时升起
可是，这些平淡如锈铁
它们不是舞动的发光体

多少经历能够盖住一个女人的灰尘？
她知道最沸腾的、蓬勃而出的
正在吸吮她的整个生命
她想要给他的爱里没有一丝累赘
在一段藕断丝连的梦里
她带走自己，和那看不见的爱情
没有实体，充满激情
犹如远方的音乐

飞 机

一直记得那年在北京的冬天遇上
朱莉亚，25 岁的她已经
环游世界八十天

我总在下意识地
寻找更多构建未来的材料
彩色的房子、婚礼、生育
而她说她的子宫里住着普罗旺斯
她的卵子只是一颗卵子
要在牛马羊群中完成自由主义

风吹过悄无声息的一天
生活里的柔软逐渐变细
锈迹斑斑
似长江边的污泥
时过多年，我 25 岁
2018 年朱莉亚的飞机
在今日，才抵达这里

乌托邦

梦里，已经与你欢聚
在一个海浪翻滚的沙滩
我牵起你生茧的手
我把脸贴在你的胸上
所有的欲望唤起
所有的躁动

可是，我并不认识你
这令人惊讶吗
一个不认识的人却如此熟悉
盯着你熟悉的脸庞
在梦里，你便会永不放手
我将永不满足
不会受伤，继续饥渴

身体无法衰老
旁无他人，为油盐酱醋摆错了位置
不舍得争吵

梦醒，拍婚纱的情侣说
你们会永远幸福的

可是他要走的
卖椰汁的大爷说
他肯定会走的
我警告你，因为没人警告过我
散步的奶奶说
你看，他已经走了

禁

一个不惑之年的人爱上一个少女
在两人建造的花园，讨论伦理学
像两个孩子蜷缩
某种意志正在陡然上升
他们眷恋冬天的温度
在结冰的湖上游园，在火炉旁歌唱
用诱人的声音
惊落树上的鸟，所以
欢快的节奏——激情的
如玛莉亚·卡拉斯

必须要跟他交流
必须要扯拉柳枝
在飘雪的午后
他问道：是什么让你发抖
是破坏欲么？
是什么让你这样隐秘
强烈地打破一个少女的纯净

"我要用我的余生去走你所走过的路"
他说，

一个少女的路还多么长远……

此刻，再火热的体温也无法驱赶寒冷

像一种泯灭

倒坍在他们身上

若此时我已经 65 岁

只是在表盘上飞翔了一圈

我的时间在脉搏里流走

迟缓的腱子腿追赶公交，抬头目睹

一个发丝干燥、皮肤皱褶的老家伙

"嘿，老家伙，你被时间挤出了一颗灵动的眼睛，和屋檐上
的月毫无区别。"

焦虑症

你每日摸着自己细嫩的皮肤
你每日扯着枯树的头颅

你与镜中人互相吹捧
高声强调树冠的年龄
高声强调，它寂静成形

无　题

本该是赴汤蹈火
本该是有着偌大的追求
但不是
想起你多有伤感
增添了我的顾虑和悲观

我们就这样活着
猜测彼此的可能性
总有我们不理解的事物在发生

尽管如此，我们依然站在另一端
创造激情
还有什么像你一样让我感到卑微
从生命里排斥年轻
从领土中，分割自己

西蒙娜·薇依

那些不能度过的，将在
反抗中消亡，由于她的皱纹里
散布了枕头上的悲伤

多么完整啊
从富裕的巴黎到阿兰的门中
再到弱者里去
从 1934 的工厂到战争
战争中的巴塞罗那，那可真是
在唱首古老的感恩歌曲

多么令人匪夷所思啊
在热爱神圣的爱中身不由己
抓住思想的衣裳，醒悟的皮囊
在黑夜中任性，在火焰中跪倒……

光泽度

月亮爬上黑乎乎的天空
老人们坐在门前，目光焦灼如深夜
这样的夜晚，因干渴对神充满敬意

我始终信任这个村庄
一根枯树枝在万物欢腾时，强忍寂寞
一块石头也保持善良的本性
像一个失语的老人
在被取走时，又一点一点获得

赤裸的土地发出响声
它们未归还于主人
你看那些含着苦衷的掠夺者
把居心叵测戴在脸颊上
旱季让我们闻到了罪过啊
没能冲破地皮的胚芽
沿着这座病态的村庄哭喊：
这月亮是暗物质
它缺乏光泽

我想起

我想起寂静夜里
为我掌灯的人
走过石桥，小径
在不远处的黑雾里，摇摇晃晃
像传送信号，警惕我的生命

我想起择日，有种东西就要返回我的体内
当更多的绿色铺盖大地的时候
更多的纯净物，升上天空

临别之际

"不要再等我了，我是一个漂泊者"

你轻佻的眼神里夹杂着得意
像一个打了胜仗的孩子，举起他的战利品

多年以前，我也如你一样
梦想一生都策马奔腾
把心爱之人留在远方

赞美和多巴胺让我们放肆又忘形
一首时间的励志歌，穿过钟塔和人群
仅仅是设想，仅仅是浑然不觉
探探眼前的深浅
自由的深浅

跋山涉水
旅途迂回起伏
走过你曾到过的天门、武汉、深圳、东莞
跨越几个春秋的光景
像回忆伸展
多么瘫软，多么地去向不明

此刻我看着你，唇齿之间的笑意
我想告诉你，这乏味的世界上
我很想用一生去穿越你
用一块块补丁
缝补这人世的寂静
我想告诉你，真的只有沉沦
才能给人重重一击
要知因果、轮回、见性
也要潇洒地离去
马不停蹄

爱

爱是一条在路上的免罪释放
是诅咒中的护身念珠
是抵达冰川的定海神针
爱是最后时刻到来的火烧云
融化下来的烟花点点
爱是爱分离的一刻
如血肉同羽毛切割

记电影《我爱你》

上个世纪

一位大学校长爱上一名戏曲名伶

傍晚、咖啡、戏里戏外

拥抱、深吻

这多像还未到来的婚姻

在躲闪中抛信号，大汗淋漓

在唾沫中，他们得知对方去世

往后每年，都是

漫长的绝经期

一扇没有天地的窗户

隔绝外界三十年

夕阳下，模糊的哭声穿透云层

落成一场大雨

雷电怒吼

失去光的人寻找眼睛

失去双眼的人失去黑夜之翼

父　亲

喜欢看你低头抽烟
坐在刚好合适的距离，眼神空无
你弯下的背是我最心疼的弧度

你可能把所有的力气都用来耕耘
也可能拿起颤抖的礼物
紧跟身后

有多少次我不得不告诉你
荞麦撒了一地，在太阳落山时
你垒起的草堆需要火苗
你让它熄灭又燃烧
它的灰烬，像你蓬松的发
就像被我害死的你的礼物
错把它当成敌人，可是它
如你的妈妈

我该怎么办，我依然羞耻地
扑在你的身上，闭口不提
我被一个没有妈妈的人保护
在生命的过错中前行

我拥有你

我需要你

灵魂伴侣

在你的声音中
一次又一次地爱上你
在你的柔软里
我拼装出自己
听我说——
不必脱下你的皮肤
无须深潜你的水域

我容纳你的国土
便是同世界最大的亲密

途中所见

这个世界我又多读了几页
见到高原、大海、青山
在无名岛上，不考虑方向

途中
一位女士在窗边哭泣
那样美丽的日照金山就在
她的眼前
如此炫目，有谁能经常遇见呢
可是，她低头，她在哭泣

过往的悲伤穿越
世间美景
抵达南迦巴瓦峰
一种空无的寂静就这样
诞生，属于人类之间的共情

允　许

这是自由又自律的时代
从一次偶然，发生一个可能
能在瑕疵中建起城堡
甚至，从一场试验开始

那么，请允许我们游走，允许我们袒露
允许翘起的臀部、堆砌的艺术
将失败看作平常
在庸碌中高歌挺进

从这边倒向那边
哦，公正的钟摆
请继续以微不足道的声音
阐述大师们漂亮的偏见

这饱满的时代
手持白刃，刻画完美的岩层
在自己的骨骼上
构建自己的罗马

她　说

每个人都有自己所坚守的东西
她说
一个骗子也有感情

需要把爱、把疼，都吞下去
那所置换的，在明晃晃的阳光里
又生出骗人的假花
依赖着它的养分，欺骗自己

雾中人

接下来是傍晚，然后是长明灯
会熄灭的长明灯

小路上，行色匆匆的人们
背起故乡或他乡的行囊
她弯腰，捂住怀里
怀里的孩子，在蒙雾中吸吮
腰上的赘肉和脚步都面临前途未卜

高低不平的影子
与远山重叠
如此起伏着，如一个女人的爱情
无法测量

夜色过于昏暗，预示雾中人可能找不到方向
但是无法阻挡她，被月光狠狠地照耀
幻境里的月光，她对此充满信任
她脱下青春，换上婚姻
盖住光亮，甚至绚丽
向深远的幽径中走去……

谜　语

我们双手合十，目光低如尘埃

退殿的时候，我扶起长跪不起的老居士
她满头白发，泪流满面
诵经声里有她沉重的呼声，钝器般捶打在向晚的雨中

是的，雨声夹杂着经文
这场声音像首合奏曲
洗刮尘世的业障

那些悬挂的部分让我停留
风吹进来，黄色的牌子同烛火煽动
多么平和又安宁啊
他们的步伐慢下来，语言慢下来
如同河流，在最深的夜里也知道明天的去向
这庄严的道场，谦卑的黄昏
这重而深的，一捅不破的时辰

长　安

那栋钟楼屹立在人海中
它一直在白昼里寻找
爬上那段旧历史在辉煌的盛世
马车昂首跑向战场像雄鹰那样孤傲
它曾驯服过那么多匹野心勃勃的马
在沼泽地带占领它们的封地

千年文明从这一侧去往那一侧
缓缓地穿过贫乏
一个捧着酒瓶摇摇晃晃的诗人
在老树下面任凭破罐子破摔
碎片飞溅

他开始歌颂金黄的田野
称赞大地的辽阔
他写乌鸦和积雪
腐烂和歌舞升平
他闭口不提他所处之地
因一种繁荣最终
消香玉殒

墙上的画

金黄的稻田，跟着白云升起
一个披着蓑衣的人，匆忙起居
太多年，它们在大地上
投下各自的影子
交织，漫过无数年月
雷雨交加以后
一棵树倒下
金色流成液体状
相框圈起空白，直到当我睡去
当我说故乡。当我说
夜色多么虚幻啊
从绿麦苗到金麦苗
只在梦里生长

故人的信

乌云被分割的夜晚

一声蝉鸣打开夏天

将信纸铺平

完成一次漫长的旅行

如发现新大陆，如看清月亮

在太阳升起时逐渐暗淡

一些生动的词语从信里跳出：

勋章、死亡及友谊。

你说赋予和盗取——

每一次与我交往都是

提前度过余生

归　途

寒风关起了自卑者的窗户
就像错误投降于诡辩术

一位别墅里的女士
搬进记忆中的土坯房
她的
罗马表停止走动
——在这个不属于它的庄园

院子里躺着的是石头，是杂草
而正是这些，才真实
才如算命先生所预言过的
苍老和顽固

愤怒中的忏悔书

我时常打岔他的话
嫌他不懂诗歌
他温和、谦逊
除了默默支持我，并且
当有人说我写烂诗时
他总要异于平常地反击

去年，突然收到一封来信
"我是一个肝癌病人，全身上下只有心是最干净的部分"
他就这样笨拙地、小心翼翼地
将心掏给我

此刻我写下这首烂诗
要把它扔给，他的其他脏器

临　别

即使明天就要世界末日
亲爱的，我也要对你保持克制
门前的河流不会喘息
它们在即刻穿上冬装也毋庸置疑
我们该留下些什么呢？爱
会在一阵摸不着的风里，留下遗址么？

这样就好

说一说你热爱些什么

我想告诉你我的老屋、茶园

和我儿时失踪的狗

它们都向下变形回到时间的源头

一下子涌上来

老屋在我身体的地图上牢牢钉住

我要去茶园里走一遍，发小身着蓑衣

警惕地奔跑

母亲喊吃饭，她喂给我一碗完整的日落

听见楼梯吱呀作响，是那只灰色小狗把楼顶的星星叼来

还有放学的路上，只有烟囱在梦想

快乐散落在便利店

风吹得最悄无声息的一天

风也无法加快我们……

双鱼座先生

请把我带到，你的森林中去
体验双鱼座先生的噪音美学
我打算，就那样看着你
保留一间卧室的距离
这个空间，不需要紧张
如你的蔚蓝的皮肤上，我瞧不见
长着血管的葱茂大树

如果可以再见到你
我们要去挥舞晚霞，尔后是
沙滩上，欣赏回归线附近的夜晚
要赞美他们倾泻下来的美丽吗？
这是当然，毕竟门前的大榕树
一直在出售他们的勋章

"想起你的爱让我那么富有，和帝王换位我也不屑于屈就。"
莎士比亚曾这样说。
黄昏后，我们会在剧院里
饱含泪水地崇拜莎士比亚
像愧于彼此所浪费的
生命里应得的那般

锄草记

毫无准备地
走向山头的一片园田
几把锄头，从炫目的阳光下
找到自身的归属

从田头到田尾
一个人的影子
裸露在大地
以此纪念这土地上曾奔走过的牛羊
祖先、害虫……

那佝偻沉默的老人
在黄昏中为人引路
他的田头，依然走动着曾耕地的牛
他的黄昏，无人指引

一颗子弹

梦里，子弹飞向我时
我一把抓住，一颗射出的子弹
违背了引力定律
它已环绕一圈，去过我未曾去过的地方
从学校出发，到温哥华、圣彼得堡
在布达佩斯的酒吧里，击穿过一枝玫瑰
还有许多海洋和岩石
生长于海上的岩石并未被赐予名称
嗖嗖地驶过，就像一位足不出户的哲学家
重新认识这个世界
我握住它时，它身上挂满了雨水
生了锈，饱含沧桑
仿佛在说
——只有云朵能在世界之上飘过
所以此刻
它在刺穿我的脑和美梦之前
被抑制住，在那场被遗忘的
战斗中心

在春天

许多个黄昏，我俯身观鱼
夕阳下，它们之间轻微的摩擦
太阳保不住泥质的时辰
鱼透过别的眼睛，明确了自己的宿命

此刻，我不计算时间
忘记斗转星移、轮流更替
目睹天上的云朵，睡成
一条趴趴狗
就觉得这人世
格外地好，格外地香，格外地听不见风……

读《悉达多》

在无花果园的玫瑰小径上漫步
把衣服送给穷婆罗门
就这样，大家都爱悉达多

多么好又多么丰富的旅程啊
从禅定到华丽小轿
美丽的珈玛拉
鲜红的嘴唇犹如一枚新剖开的无花果

又一个清晨，再经过一条河流
一条河流也有苦楚，以及一片森林
一棵菩提树，一个果文达或者瓦苏代瓦
这些都能包括进来
只有夜晚，一个净身的觉者
目击众生存在的黄土，人丁兴旺
为真理而生，把远方的远
归还于更远
和一切圣洁的人
相聚在极乐

无　题

下一世重做一种生命吧
它不用创造、争斗、群居
躺下和升起
替代满月酒和葬礼
不用怀着恻隐之心
在出走时制造意乱情迷
不知死亡免于恐惧
不诞生于乳房
它并非某种被造之躯

拾荒人

窗外，磨基山公园亮着灯
山上的灯罩着
更大的黑
路上的车、妇孺、商人
在布满灯光的黑里穿行

仿佛只有不停地赶路，才能躲避时间的惊恐
才能在一群佝偻的身躯里，步步高昂
在此之前，一位驼背的拾荒人
用一根棒棒糖哄好了找不到家的孩子
用他的佝偻、单纯，拉下夜晚的幕布
两个手无缚鸡之力的人
从生命的两头
彼此串联

鸿鹄之志

我是一只没有了羽毛的鸟
无尽地等待
天空和大海的消息
我坐在这里
在森林，在洞口，观看
月亮和太阳和闯过的流星
让赖以飞翔的身体
亲吻我不曾爱过的土地

礼　物

今生我偷过许多东西：
别人门前的狗尾巴草
男人的心……
今生我送你什么呢
我太脏了，甚至发丝
也不干净
你看，井里的，天上的月亮
她最宝贵，最纯洁
伴我夜行，普照众生

共　情

"月亮是亮的
云朵是柔软的
寒风刺骨
吹到我身边就是带有你温度的"

我希望我的父亲是一位诗人
希望我未来的丈夫也是一位诗人
这样
你们就能明白，我这轻盈的爱
躲闪的爱

为数不多

在乡下，看满天繁星
满天繁星也容不下多余的一颗
像我们这群高级动物尚未被
撕去毛皮、剔除肋骨
以及血肉、獠牙及其他部位
均被量化，受到尊重

可怜一头牛
与牛群周旋的童年。
用眼睛视物
用耳朵听音
精打细算，满脑子预算
超越愚蠢肉体的赶路费

当然，庆幸这为数不多
尚有人知道，星星和星星
是不同的
削尖的铅笔和脚后跟
太可悲了。

附　体

你的脑子装学问，也装可怕的物什
你的身体体验一切美梦
把生活里死去的部分全都忘记
例如不健全的妻子
枯萎的发丝

你在夜里跋涉，寻求温度
你说寒冷属于夜晚，爱情属于青春
你说喜欢寿命长的东西
不用练习忘记
你说你活在昨日，今日的你
是不称职的儿子

夜起读书

夜风大起
隐身的更夫巡夜敲锣——
天干物燥，小心火烛

煮熟的咖啡豆子绕过历史
在完整的一天的尽头。
腾起，又落下
沿着风暴，驶过王朝。

寒风翻书，我与过去
席地而坐
我们谈论雪月，万载千秋
看太阳研究阴影
看早起的一只鸟，它明白真理

今夜终于何处？
窗户为何高悬？
妙语在夜里漂流，它们未能告诉我
一个命运多舛的人正在感受别人的命运
在妄想中荒芜，在歧途中指路

忏悔书

我住的地方会生出许多虫

会生出蜈蚣、蚊子、飞蛾

我的双手沾上了各种血

它们或是吸食类，或是节肢动物，或是……

每一缕毛发落地

心里便一阵虚空

仿佛它们的尸体拼凑出一切遥远之物的影子

在那个唯心世界里

所有的自然界生物能够和平相处

所以大地妈妈

——请你饶恕我杀生的罪过

请再生我一次……

当我们说起爱情

我们说起爱情

总能想到草原、野马和书信

一位老人在耕田时也和邻居谈起初恋

——我不记得花丛是什么时候最美

模糊可见的是一身白裙

不记得红色肚兜如何难解

那夜色混着的风情意犹未尽

老人的半截寒腿陷入泥潭时

向上的部分在一阵风里摇晃

似乎看见了晨雾中的老伴

耕种门前的秧地

春风化雨，激情和着稀泥

关于骑马的承诺，长长的书信也带不去

让我想起歌中所唱："你爱上一匹野马，可我的家里没有草
  原……"

许 愿

在山顶许下愿望
在树下双手合十祈祷，这是
对一棵树最起码的信任
在我面前的是两棵柏树
以阿公阿婆的墓碑，一分为二
阳光的影子从柏树的缝隙
投射到土堆上
风从那里吹到了这里
考量我的半生——
那些斑斓和褴褛
在夜色和晨雾中
怅望清明

对　话

夜幕拉低，许多生物在此隐身
你面对我的脸孔
我背离你的内在

夜晚涌动在深思熟虑的灵感中
诞生许多新鲜主意
她们又是如何从头到脚密谋呢
如何跟自己的身体作对，而后抱头痛哭

"我需要参与感
我知道理解你是多么地重要
哪怕一夜无眠看星星起落

我只是独自一人，或又称不上独自一人
也有各方眼神此刻正在打量我
穿过一片无声的空旷"

计　算

每次争夺之后
总有人反问良知
毕竟肉体是不会
朝着对立面检讨自己
收拾残局的人
在这关头很难不发表一些想法
罢了
你尽可说是个微不足道的恶作剧
没有人会为此满足
她们更进一步听到口水的溅洒声
信任和咒骂是一样的
毫无周全之策
毫无一人注视到桥上的风景

在野鸭塘高速路

汽车飞驰在野鸭塘高速路上
风往道路尽头吹
面庞、手掌、发丝
直至耳边
方向感只在梦里觉醒
仿佛有个声音说——
你太迷失了
把双脚给我
修复不了的事物
以白云填补

短　句

我把自己播种
让肢体开出花朵

我翻越千山万水
寻到一处山林
在此隐居
四面的山水环抱着我
八面的风替我向外界传信

世界还原世界
山石滚落在山底
将要埋没的是一具腐朽肉体
将要留下的是三两诗句

一片阴影

时常脑补，晚霞天空的另一面

大部分时间

阳光灿烂，把阴影留给了落叶还有过去

我留心过一只鸟儿的去向

以及你眼神的方向

以及，彼此生活里麻木的部分

或许在某一个街头我们做过同样的动作

猜想早上醒来，你能看到一个女人的脸庞

她披着蕾丝睡衣

端起盛满汤圆的碗说"我爱你"

我所能想到的生活你正在经历

我所不敢想的正在猖狂

时过境迁

你在的地方朝阳甚好

乌云会在合适的地方

为我下葬

刺　猬

草丛里的刺猬
正在沐浴曙光
尖锐的，密密麻麻的
像没有硬度的武器
像未经加工的
羔羊

起风了

起风了
村庄在动，野花在动，蒲公英在动，少女的长发也是
阳光在拉长，臭水沟和疯狗也招人喜欢了
你看，这么蓝的天亲吻这么绿的茶园
这么破烂的老屋养育这么美丽的人间

听 戏

我们在各自的生活里周旋
在他人的命里停留

戏子的歌喉唱醒了太多记忆
时刻准备着
把灵魂的身体搬出来
又丢给人群
还不够，时光隧道里
布满了充当光明的叛徒和猎手

那是谁投下的月光呢
是谁吞掉了生活里的黑太阳？
是谁从细微的事物里学习爱
在一阵清风吹来时，压住心中的罪

如果，我可以是你

内心波澜般起伏

把自己放进别的身体

这样富有危机的生命，不肯懈怠的生命

如今，夜晚让我捡起记忆

想起某个山头的村庄，应是我们爷俩的出生地

十八岁送走父亲的男孩，被迫放下铅笔

大年三十的傍晚，讲起太爷爷死于战乱

讲起……

一旦讲起，我便嗅到风，连着

整个黑夜的筋骨

你长舒一口气，像是在说：

"孩子，你听，这段岁月跟你没有任何干系"

雪　人

这个夜晚，隔着书房的长窗
我把信给你了
捧着信跺脚取暖

雪人，我远方的雪人
我们的火把已褪去炽热
我们的野狼不食血肉
我们的月亮懂唐诗宋词
我们有"红楼西游三国演义"

在战争前精心设计
踱步挠头发出嘶吼
地球将我们分置
我们彼此经过
我们都曾空手而入……

残缺赋

想到无法补救

如昨日冲动剪掉的刘海

撕碎的玫瑰花礼物、囤起的脂肪

他们做不到在我清醒的时候

立刻还原，

梦里，颈椎疼

到胸口、乳房

到腰椎、腰上的脂肪层

腹部，像有孩子乱踢……

它们抱团取暖，攻克一具冰冷的身体

当我感知到，说着梦话

发现它们都跳起

抡起了棒子

大千世界

所幸是个大千世界
城市的灯火在远方
不可计量的头发
持续生长

饱满的心房
在日紧一日的风霜中
成为石头
那经过磨砺又保持风度的小型岩体

明亮的事物在黑色底层之上
就像富人丢弃的牛皮底
穷人手里的牛皮糖
见一切纯白而纯情
和一切陌生，沾亲带故

声　音

你在他人的瞳孔中看你
一生的变幻多姿

被点燃的蜡烛
晕眩在属于象牙塔的美梦中
青春期的蜡滴在裸露的
花园里
秋雾为你遮羞，唾骂把你逼入困境
这些个预言者
她们拥有积攒的年纪和怨气

请安静点，如花的姑娘
一位行将就木的老者说
错误会在招风耳里播种
撕碎纯真的是那些
被偷去的声音

时间的隐秘处

茶水会被放凉
新生婴儿落地，中年女人流失胶原蛋白
这里天荒地老每日发生
墓地的灯盏时暗时明
在学会生存之前，每个人往
心底投块金子
所散发的光，折射到凸起的塔尖
或，被泥土埋没
不同的面目有不同的奥义
在走过一场尘世之后，向恶俗的一切
向时间的隐秘处，庄严地还礼

背　离

将自己从人群里抽离出来
从社交走向闭关，保持
对万物的信任感
我不碰它们，表层同样干净
把食物换成清汤白菜
摸摸日益平坦的小腹，远离
街头菜市场
用剩饭剩菜把自己揣成一百五十斤的女人

内心戏

去市医院的路上
道路陡然下坠，我们坐在一个漆黑的匣子里
风吹动人们，从时间的一边到云集路天桥的一边：
西装男，从老大爷手里接过锅盔饼

这座 X 型的天桥，架起不规则形状的守恒定理
穿梭其间，感到火热又冰凉
空气是凌乱的白刃，我们的骨头被摩擦
被时间嚼得终将
一丝不剩

一个女孩

她樱桃般的小嘴是用来爱的
灵动的眼睛先知预言
她说在镜子前才是孤魂野鬼
这日渐走向另一个进口的发光体
将下身的假肢灌进嫩绿的年龄里测量
水位退潮，某种柔和的东西正在接近弯曲
就在这个下午，风吹起她米白色的头发
又渗入她同样米白的苹果肌
苹果肌，多么嫩滑
省略残缺的部分
真是一个尤物

歌　谣

一

夜还未结束，星星已升起
我在梦里摘取它们
手上划出两道闪电

二

桃花灿烂
桃花换个姿势
依旧灿烂

三

青草的香夜的香
它们都敌不过你的香

四

雨打湿了夜

你打湿了我

五

伸手触摸对视
时间退到了天边
这个夜晚吹弹可破

凹凸的土地

午夜，在一个黑暗、寂静的屋子
熟睡的人睡下，睡下
多甜蜜
是的，一个甜蜜的梦将你唤醒
亲爱的洛丽塔，月光使他们更苍白
有人忘形地抖动身子
有人精疲力竭
有些事发生得那么寂静

是时候深思了
这块凹凸的土地
究竟谁来播种
这块凹凸的土地
教人何为极乐

我领会不了
更宏观的事物
我知道
你的生命
是从土里流出

我想起

听懂公鸡鸣叫的时候
我想起爱情
多么类似。
对着彼此，看他们尾巴
发黄的部分
除了声音
没有其他物种
与之相同。

我想起故乡
路过大水田时，有农人牵着牛
哒哒，哒哒
重复，多么整齐
荒野往树林里钻
树林，往水田里伸展

我想起寂静夜里
为我掌灯的人
走过石桥，小径
在不远处的黑雾里，摇摇晃晃
像传送信号，警惕我的生命

我想起择日，有种东西就要返回我的体内
当更多的绿色铺盖大地的时候
更多的纯净物，升上天空

致前任

你和我可能
置身于世界的某个瞬间
像两条苦难的河
我亲爱的，哪怕我保持着伸展
也依然从来都在错过
像开水契合于冰箱
永远拼不起一次沸腾

难言之隐

大巴车上的人坐到一起
互不相识
嗓音各异的沙哑
永远的吞吞吐吐

一个苹果切碎
一杯浓茶反复浸泡
这些并不影响
窗外辽阔的景色

人们的举止
躲闪，回避
放心，我不知道你的故事

藏身其间
把最隐秘的愿望隐藏
我柔软的舌头暴露出我的饥渴
我对比喻的激情
可能早已
被剥夺

大树和小树

我们俩单独留下，那么久
藏于树根下，一言不发
我知道，你在看蔚蓝的天空

你将时间剥落
你的皮肤净白光滑
若是此刻我们没有独处
我都不知
我曾占有你的全部

一瓢水

弥漫着广大的白
将落未落的白

承受着美的覆盖
却不能还之以一吻
这水的美学从何时开始

昨夜的水，流向了幽暗之处
连歌声都是白色的
白色的你，无瑕亦无边
如一片羽毛轻击我的掌心

另一个我

延绵不断地穿过，田野和村庄
仿佛有股阻力把我们越拉越远
你的无所不为使我贫穷
我能带着一颗祈求又奢望的心站在你对面吗？
若有一天我完成了今生的工作
余生将留给你
假如今生与你永不相见
请在你无边无际的房子里
装下一个小小的我

茶

建盏里，永远有一杯
念旧的人喝过的茶
不免寡淡无味，从很远的地方
又回到茶汤里

能用的原料里，精神
是不够的，需要被
太阳晒、铁锅炒，需要一个沉静的人
将时间编织进去
他放弃艺术和科学的世界
从一条小径，将散落的
拼出一种丰饶

苦行僧

一位乞丐捧着碗对苦行僧说——
可敬的人啊，请你再跟我说句话
说几句我能够理解和运用的话
最好让我悲伤不已的驼背，能够弯下去

仲　夏

当我依附于任何，就只剩下赤裸
从前我有个小灵魂。

我想爬上树干，滚上巨浪
在一个狗狗的毛发里梳理出
关于和你的意义

如果占有可以令你的自由感到悲伤
一个善良的人，会这样想吗？
可我还是做了

坐在和你的看日落的步梯上
日落变成细长的圆柱
渐渐掉进江里，它们也在沉沦
把这当成，我们也可以

后来我想，要是少一些感觉
似星星炸裂的羞涩
我也能够坠落
凋零在，一阵吹着微风的梦里

遗　忘

我没有什么东西可以用来建造

正如我没有可以保护的

完全地迷失

在电脑的空白页

似乎都没能抬起一根手指

创造一首安全的诗

致朋友

那天黄昏，窗外一片朦胧
我睡醒，睁开眼睛
仿佛世间只有自己
我想起你，发现你已远去许多年
整个屋子好像跟着我睡着
它们忘记醒来，剩我自己
思念你，我的朋友

我的朋友，在世界的另一头
你想过我吗
是否此刻你正在小岛，和神仙们一起
我很想知道，在那个唯心世界里
是否拥有一件长生的武器

我的朋友，我曾毫不设防地离开你
多年未给予回应
或许我曾见过你
在某个产房、幼儿园
我的朋友，你太决绝了
你给我们这场矛盾
没有限期，像把一颗种子分开后

你吞掉了另一半

在各种算术中
我们都会碰到困难
连拉普拉斯妖也不例外
我的朋友，若你能如愿测量天体
请示意我一颗繁星

路

人们折回的路已经不再是路
是一段将要在懊悔中诞生的音符

L 先生

孤身时，空气为我盛出
灰色的光晕
唯有他，给足了我充裕
时常沉默

L 先生的一生中
有过那次奇迹
在田地里拼命诞生
因此大概会有
一段不菲的永恒

没有旅行
没有深爱之人
就连时间，都嘲笑他的寡淡

就这样
他有满满的充裕
像被放逐的士兵
空有武功，屈于缰绳

可他有最灵敏的嗅觉

以至于，能闻见我的孤寂
总是无憾地交出
安慰的味道

他冷得像一个孤儿
却还要环绕，更冷的灵魂
可我的体内，并没有烟火

其实我很悲伤

荒芜的风景
水中的倒影
有了你的默许，孤独顺势而来
还有伤感的沼泽，傲慢的灯塔

如果说，最爱的人走最远的路来见我
我也要把糖撒向伤口
去撬动咬得死死的贝壳
臆想出，有着凶手眼神的恶魔
我要找到利于提前逃跑的宝库

他还不知道，爱
其实是我身上最善良的小动物

结婚照上的出生日期

怎样的安排
怎样的无限
怎样地将两个
散于五湖四海的人
出生在同一天

时间那么长，他们所钟爱的
各不一样，可就是这样两个人
在命运的齿轮转动后
突然停下，让彼此相遇

如抚摸一块岩石
触及一扇厚重的门
手心击穿空气，合二为一
时间在那一刻，显得多么浪漫啊
他们感叹，赞美
平庸的黄昏

在悔恨中，致奶奶

最终，我让自己
从日常中摘除你，我想
我应该停止对你的思念
就像这个屋里，没有了你的身形
这是我该意识到的

你要回到1940，那个织布机旁
回到奶水不足、啃食手指喂养孩子的
生活里
在那个我未曾诞生的年代

再过数十年，我们
会在某个角落重逢
再见面时，我要告诉你
或是神教会我的：
生命传递的载体，并不值得
你去传递
例如我的过错
你的死因

拥抱你，就是拥抱天体物理

在金贵的片区
我挂上一具充满智慧的身体
探路中，让我痴迷

因为思想如此丰满的你
让人有胆量垒起厚厚城墙
被砸中的我像是拥有落寞街头的
一张五百万彩票

我拥抱你，就是拥抱天体物理
就是吸收老子、孟子、苏格拉底……
在白昼黑夜的交替中雄辩又消遣
拿精神换取流着知识的肉体

你的发丝不及我的手指热烈
我的胸膛从未向你敞开里面
我们认识同一个世界
这已经诞生我又将诞生另一个我的世界

我要你实现艰难中至高的英雄主义
猎杀在抢夺中一颗单纯的心

失去你时，去获得一把
失去你的钥匙

回　忆

六月临幸这小城
春天走远，丝带也没能抓住
芳香暗涌
留步于依依远去的夜晚
我梦见一个冬天，我梦见
我并不是很熟悉的村庄

生命不会周而复始
故事亦是
熄了灯的流星
滑落过山的下坡
载着沉重的昔日

我还在园里夜坐听风
你的影子拉长
寂寞如我一般高
我知道你深沉的情意
我难忘你灵动的眼睛

打谜语

然而有某种东西
在更迭中被承认，那些脱离生物本身的
又冥冥存在着的
在风暴的知识背后，它们常常
合二为一
将善良的人流放
给相信它存在的人奖励

文　明

春天在最繁茂的时候
所有生命在我们周围转换
有一些，退潮
在形成或消散中
我们以我们知晓的那种方式生活
正如仪式一般，共同去实施
设定的原则
夜晚寒冷，树叶飘落
延长的那些日子，无法与它们分开
我们将要获胜或征服
在平凡的日子里，致敬女娲

日　子

今天睡下
今天就解放了
早晨的雾会提前飘进梦里
那么多的人，都是熟人
那么多的面相，没有一个
是具象的

可以不要为我的诞生
赋予意义么？
可以让子宫只是子宫？
一场没有作为的旅行是多么无意义又
多么云淡风轻

日子何其漫长呢，我说自己
日子何其短暂啊，我说母亲

女　性

为一个理由而发生
如孤傲的女性、率直的雌天鹅
可那抵达远古时代的母性
令她们把暗淡的光
也变得抽象，变成
她们的歌曲的一部分

能用长发、肌肤和女人比美吗
当然不能，她们的一万种光束
如珊瑚般鲜红

如　今

时常，会做一个人的饭
锅里总剩下
另一份

因为有记忆，给我捏造了无形的陪伴
因为有时间，这漫长煎熬的……

我想象曾有你时
时针转动得快些
门前的鸟儿会歌唱
锅碗瓢盆会伴奏

我们的眼睛和耳朵深刻聆听
我们感官的森林住满了生机

然而，它们如今都散去
我要起床做饭了

波　折

所有我坚信的，都曾被毁灭
事物总要戏剧般地表达
像一盏打开了的灯
要去关掉另一盏
总有一种存在消磨存在的本身

它们之间有关欺骗和无辜吗？
漫长的一生需要这样的不测吧？
以伤害结束的
戏剧，便不再受累于痛苦

告别时分

当离别到来，我都意识到
自己的身体，染上了泥土的色彩
漫过堤岸，垂直向上
穿过我的头颅
在毛发里簇拥，试图
拉扯月光，而晨歌
芳香暗涌，要在一堆泥团里
做出疯狂举动

我 们

你无处不在，你是
所有情绪的来源

无法将我们的不同融化成相同
我也不再是我自己
世界如此赏心悦目，但它们只能成为
你的赏赐，多可笑
我看落日，落日的美也是因你而起

樱桃树上坠落的樱桃不会回到树上
当你说不，当你……
关于我们的语言
便到了止境

你已离我远去

那一刻来临，已到告别时分
你，丢失了我
而我，再次美丽
因为花园的镜子，我清楚地看见

几年过去
空气里充满了
少女的音乐
一切都在平和中伸展——
慵懒的午后

终于展示必须展示的一切
红玫瑰、茂密森林、乱撞的小鹿
以及我向世人独奏的，陈腐话题

无意义

你永不放手，就会永远
画地为牢
你脱下悲伤的衣裳，在第三者面前
你的身体衰老，每一处毛孔
都长了犄角，拿它们
去喂养，将让你着迷的
但不保证会持续的
完美情调

将爱人和情人分别搁置，使用
充分隐藏、苏醒、生机勃勃
以及随之而来的
神秘，在血液里、骨头间融合

它 们

它们深远、无尽
它们是它们吗？它们缺个镜子

这已不足以令人神伤
那些依赖人物设定的人们
若没有镜子
将会怎样？难道
毫无意义？
但它们不知道
以为没有证据的切割，会
不留痕迹，会不知不觉地
巧妙地，肆意制造

时间真是一个连续体
它们到场，不给回应
淡漠，拿走世间一切
视若无睹

当我预设你离开时

是否会离开
在一个没有日落的黄昏
没有感伤
是否会离开
在湿润的眼眶里告别
站在小院的围栏处
端走我们捡拾的小石头
那五彩斑斓的裂痕
透着一个，幽闭症患者的
所有阳光

葬　礼

每参加一次葬礼

都要听一次，死者的故事

那时我还没有准备好

仔细地听一次奶奶的

而后，我形影单薄

我想，怎么会有人经历

所有凄惨

像一截一截的雨

刺得我骨质疏松

那一瞬间，我好像

老了八十岁

像要即将被关进

实木棺材里

布谷鸟

总有人在掉落悬崖的瞬间
被树枝救下
尽管从未予以修剪、施肥
一棵救了人的树
来世应该做只布谷鸟

可可西里的美丽传说

她的热烈曾让人嫉妒
因为直白，因为
她完成了一切预备，准备的重负
都不再是禁忌

这样的袒露
曾持续了很久
毫不避讳地将金发
展示，在大街小巷

为什么她害怕？
厌倦经常遭遇物质的抵制
正常存于世间的一切
都要被唾沫审判

而当她老去，当她
穷困潦倒，却收获所有热情
那些远远看着她的人们，在行使
宽恕卑微者的计划，上演一出
小丑戏公主的戏码

重　合

人们不知道，人们是可以
靠回忆爱一个人一年又一年
心爱的人
不需要活着，心爱的人
是伤感袭击我的帮凶
在桌角的某个地方，就已经
静止不动了
像一颗溜溜球
在日子中间划过，除了自己能看见
其他人见到的
是充斥着另一个灵魂的我
它会在身体里流淌，散落
再汇聚到一块，形成一个水球
偶尔从卫生间的
花洒上、厨房的龙头里
以及我的眼睛里流出

静于不说

当你发现语言的威力不足于
沉默的魄力
请一定要蜻蜓点水般地呼出声来
将愤怒炼成碎末
把世界不能接受的美化为虚无
可以接受的通通画成，遮羞布

快　乐

我希望我们去散散步
像老人们那样，我们会很快乐
像那只鱼竿，不停地
轻吻河面

如果能够更年轻些
——周围喧嚣着美妙的生活
黎明时分的红火，掉进
我们的睡梦中

几乎可以设想
鸡蛋、首饰盒、吹风机……
睁开眼就想到你
想到我们没有做过的事
和即将要去做的事
将鸟儿从空洞中唤醒
尽管它在笼里
也要给它一个苦涩的永恒
但这也令我们快乐不是吗

当我试图感知所有

尘世的荆棘

连同你批判道路上的恶习

我们会像其他人一样

向严厉的天使解释

我们那，情有可原的快乐

最近的距离

从无施舍，一切都是馈赠
愧疚将我埋没
沙尘挑衅地飞

大自然允许我们吸吮精华
如同
你允许我繁复精美
如同
我刻薄于诗歌里没有杂质

你的眼神投射到我的身体
以及每一根手指和脚趾
暗示着，我们两手空空
甚至两手
都将失去

割 舍

夜来月升
我如一条贪婪的鱼
觅食到最浅的海面
我们走近
海浪翻去
天空认为鸥的尾巴是累赘
追逐止于荒芜之处

厌倦那伟大的王国吧
你走后
我的身体会开成花朵
一定要善待所有的花朵
我亲爱的
那是枯寂的心中
唯一的空地

道别天华西路

不是所有的爱都能被上天接受

像一月的寒风流落在北京的街头

貌似空无所有

总在秘密地向你紧跟

你逃进静谧的屋子

背影奔向远方

你依赖雀巢

我却是思乡的鹤鸟

疲　惫

大雁眷顾了整个黄昏
南方的黄昏像一朵嫩蕊，神秘地开放
夕阳从天边洒向教室
发丝和脸颊都呈红色
就是这样，我立刻觉得这个世界里
自己是一个生人
那不可思议的，不可名状的
像是光明中盛开的隐秘

山中而作

一半是清爽的气体
冒着热气

小鸟叫呀叫
雪花钻进茶树缝里

炊烟一丝丝又飘了出来。此刻
炭黑的烟雾停留在
老者宽阔的唇边

无任何文字能赞扬这份干净
就像
山外的声音或许可以更嘹亮
溪里流出的，只有米汤

路过橘林

太阳坐在山顶上
窗子不可能更高了
我们看到的蓝天
属于泄滩

我路过橘林
看见一只麻雀钻进去
出来时，一群
是谁的采摘惊动了你们呢

我走进时间
让树木代替我
顶住沉重的天空

我们拖着一团云朵
来回穿过
累了，眯着眼
趴在橘树底下
抬头
蓝天有它的想法

两个美丽的村子

审视的眼睛落在了一座森林迷宫

夜晚：山下流水的声音

如梦里一个少女缓缓向我走来

古城的光被环山卡住

棋盘岭作坊村

两个响亮的名字沉睡在悬崖边

同少女的鞋跟一道醒来

路往上缠绕地平线向前疾走

而隐形的我站立不动

聆听心脏沉重的脚步

向我靠近，慢慢地

慢慢地

直到早晨把光

从城里塞进村里

塞入我的毛孔，将回忆的门

——打开

图书在版编目（CIP）数据

寂静成形 / 北潇著. -- 武汉 ：长江文艺出版社，
2024.6
（第 39 届青春诗会诗丛）
ISBN 978-7-5702-3465-3

Ⅰ. ①寂… Ⅱ. ①北… Ⅲ. ①诗集－中国－当代
Ⅳ. ①I227

中国国家版本馆 CIP 数据核字（2024）第 006342 号

寂静成形
JI JING CHENG XING

特约编辑：隋　伦

责任编辑：胡　璇　　　　　　　　　责任校对：毛季慧

封面设计：璞　闾　　　　　　　　　责任印制：邱　莉　　王光兴

出版：长江出版传媒 ｜ 长江文艺出版社

地址：武汉市雄楚大街 268 号　　　　邮编：430070

发行：长江文艺出版社

http://www.cjlap.com

印刷：湖北恒泰印务有限公司

开本：880 毫米×1230 毫米　　　1/32　　印张：4.75

版次：2024 年 6 月第 1 版　　　　　2024 年 6 月第 1 次印刷

行数：3173 行

定价：52.00 元